# JEAN-YVES DELITTE
Offizieller Maler der Marine

# Black Crow

## Band 1: Der blutige Hügel

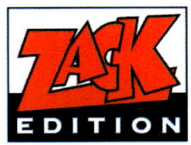

Illustration des Backcovers:
Ansicht des Hafen von Rochefort, gesehen vom Magasin des Colonies
(Quai au chanvre, Schiffe bei der Bewaffnung)
Vernet Joseph (1714 – 1789)
1762 © Musée national de la Marine/P. Dantec

Originaltitel: Black Crow – La Colline de Sang

Aus dem Französischen von Bernd Leibowitz
Chefredaktion: Georg F. W. Tempel
Herausgeber: Klaus D. Schleiter

Druck: Druckhaus Humburg GmbH, Am Hilgeskamp 51-57, Bremen

© 2009 Éditions Glénat-B.P. 177 - 38008 Grenoble Cedex
Dépôt légal : mai 2009
www.glenatbd.com

Für die deutschsprachige Ausgabe:
© 2010 MOSAIK Steinchen für Steinchen Verlag + PROCOM Werbeagentur GmbH
Lindenallee 5, 14050 Berlin.

www.zack-magazin.com

ISBN: 978-3-941815-48-3

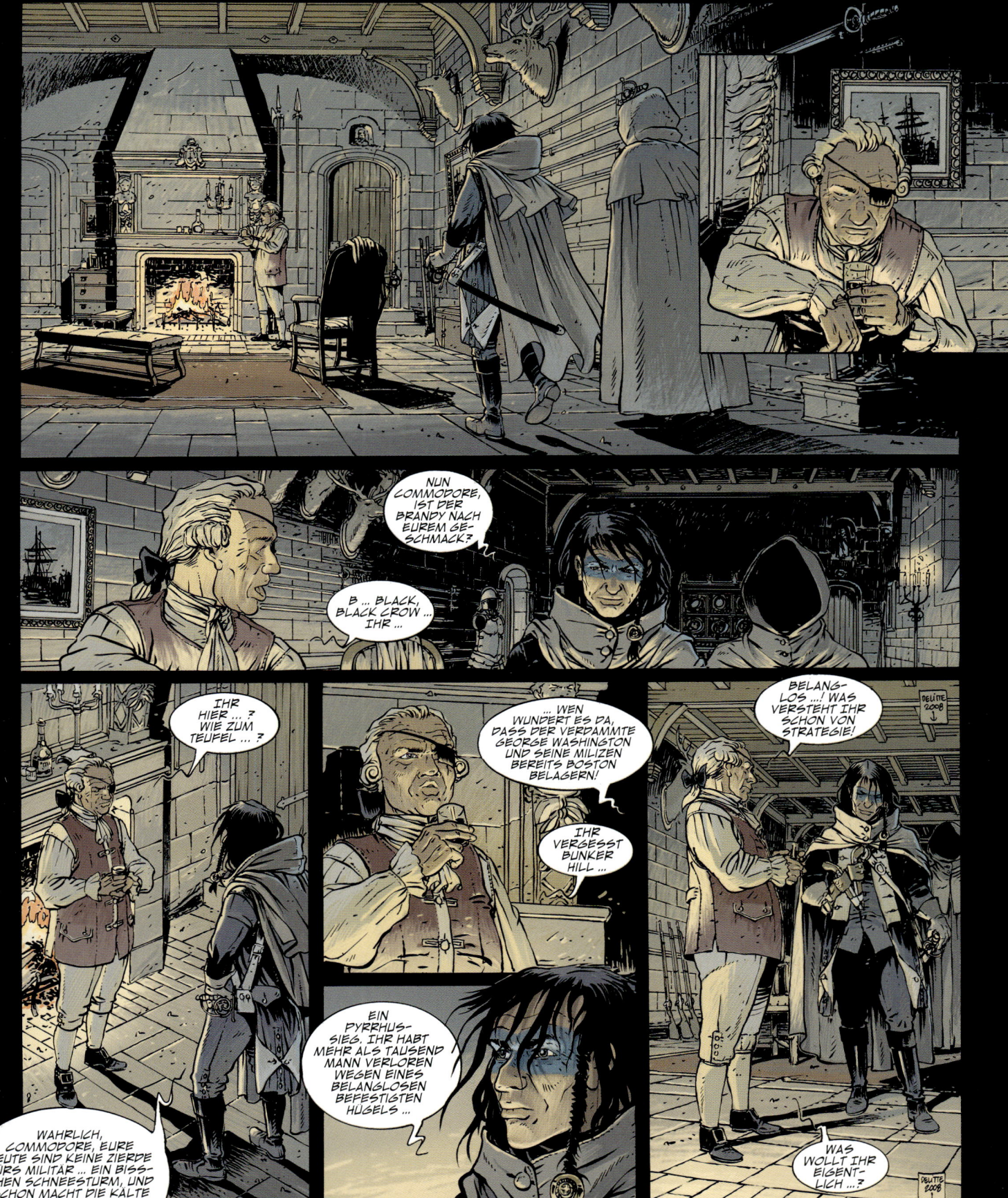

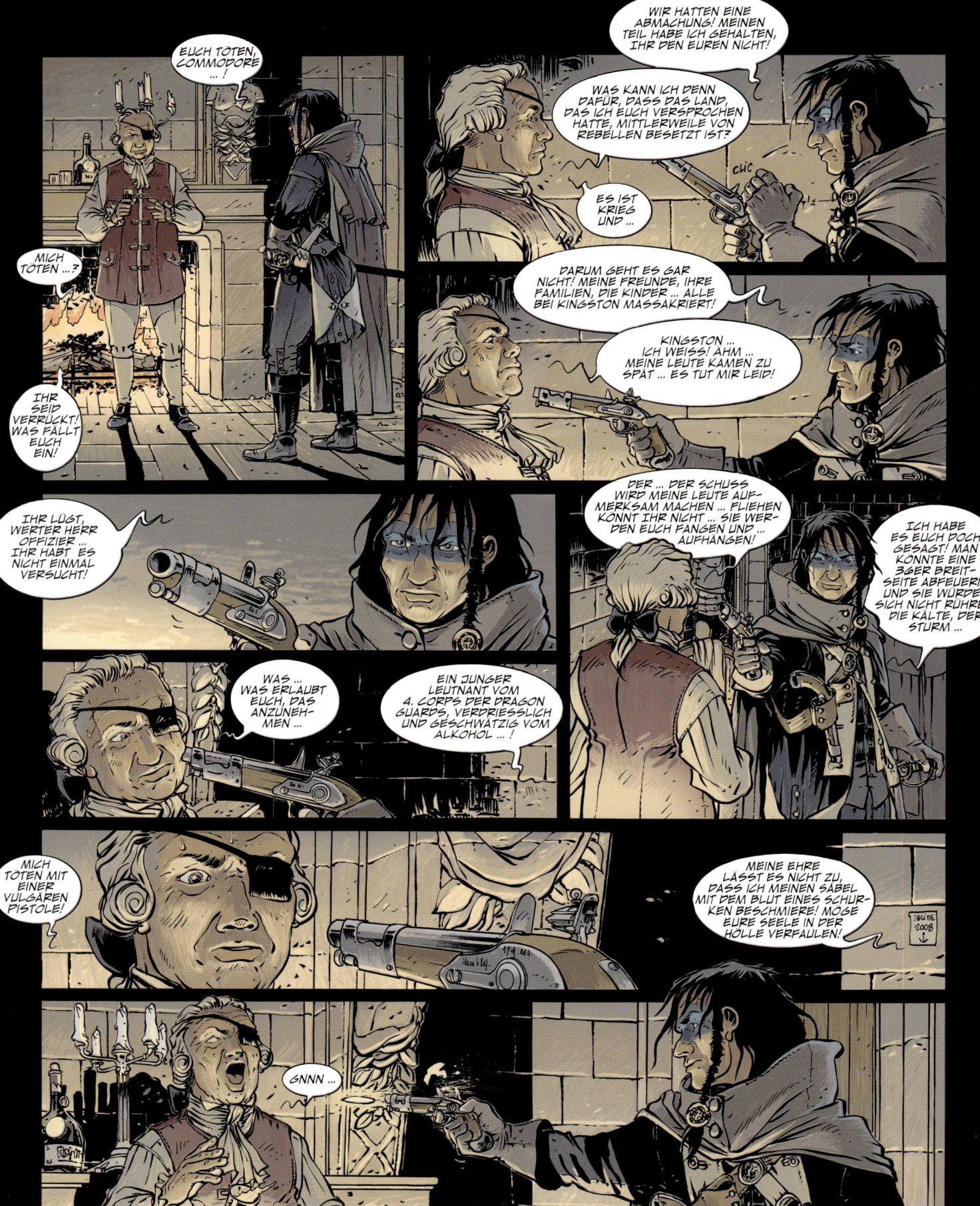

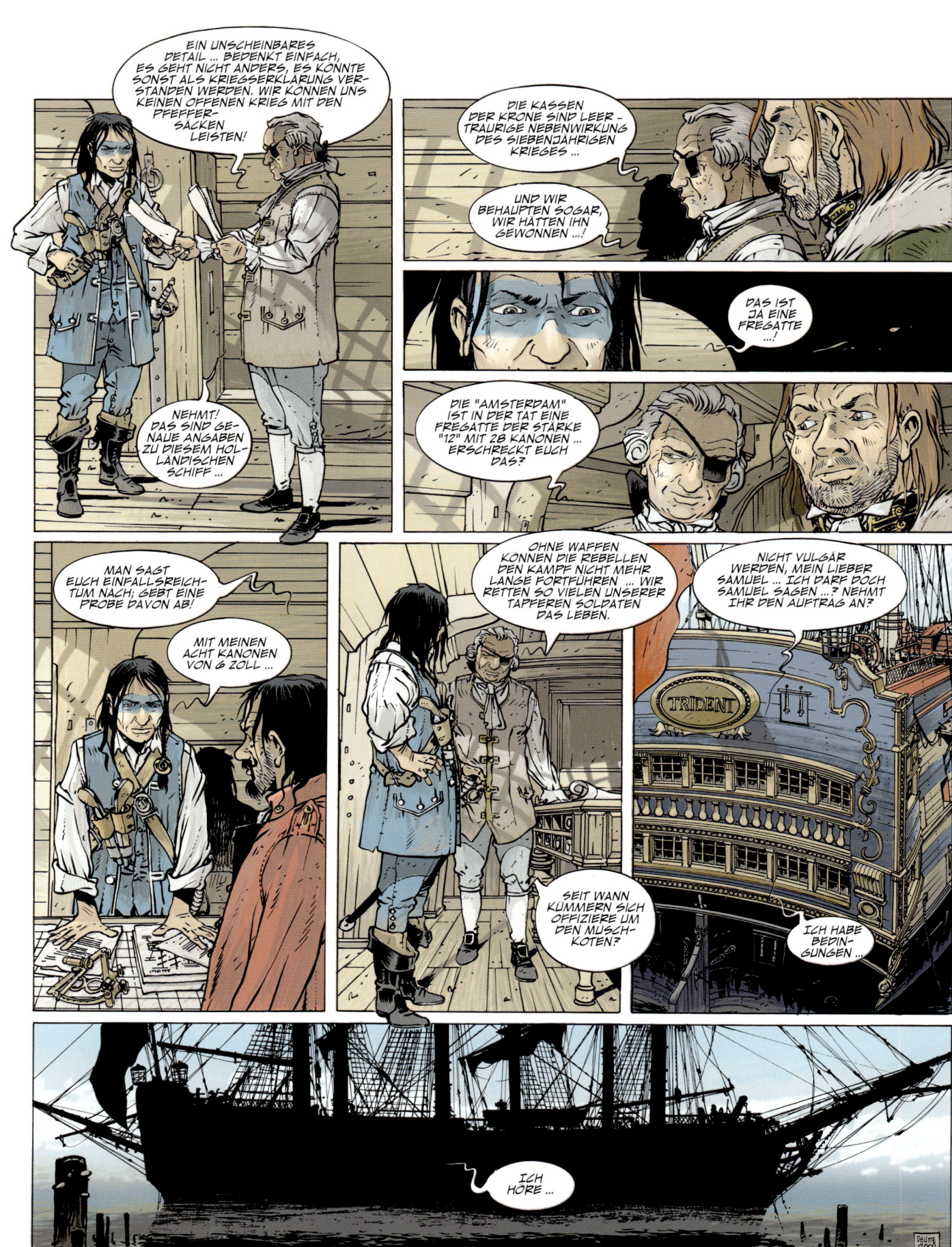

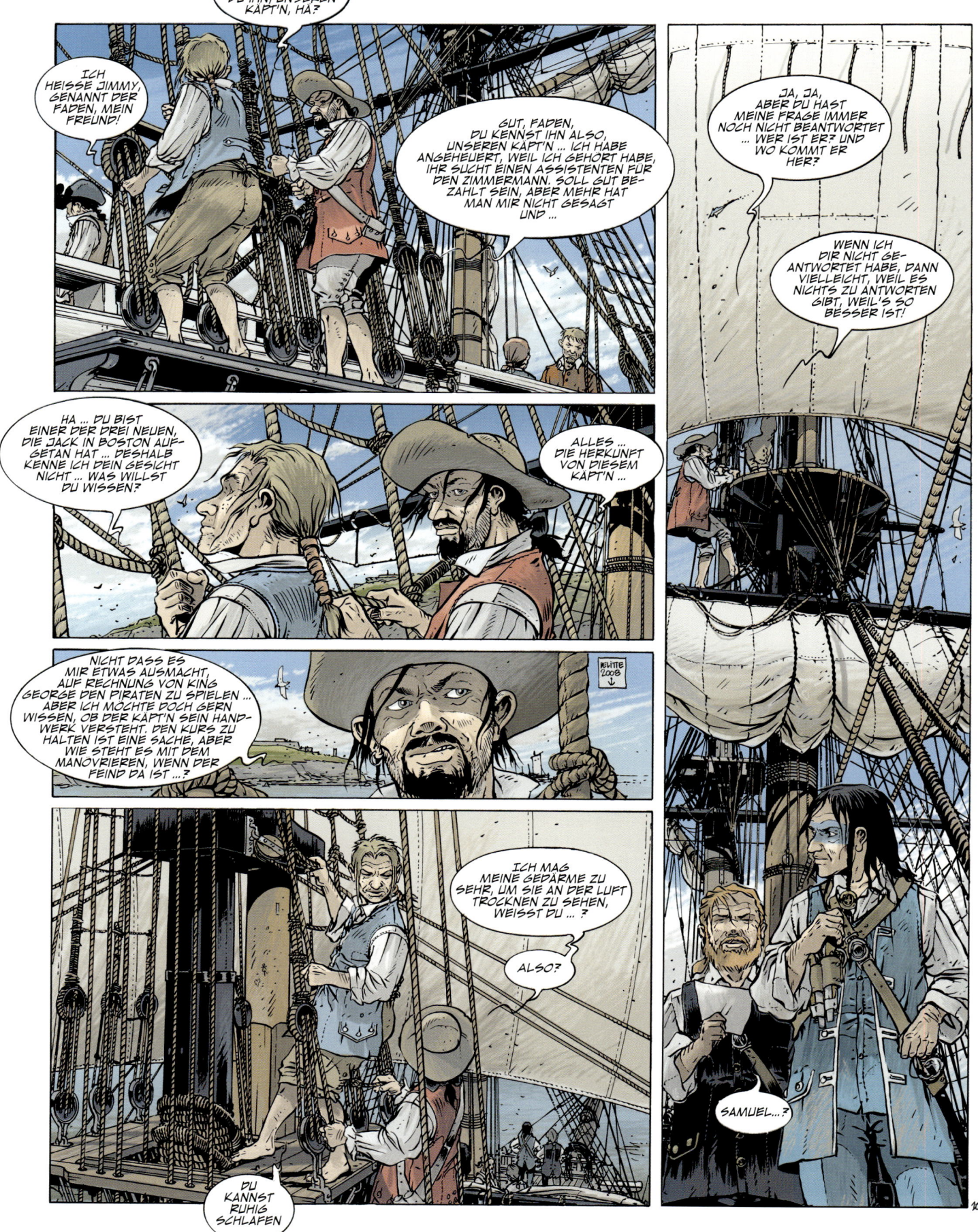

> UND SO LÄSST DIE "REVENGE" IM SCHÖNSTEN LICHT EINES SPÄTEN APRILTAGES, FOCKSEGEL UND GROSSSEGEL VOR DEM WIND, DIE GRÜNEN HÜGEL VON MASSACHUSETTS HINTER SICH. DIE RAUCHSÄULEN AM HORIZONT, DIE KURZ ZUVOR NOCH DIE HEFTIGEN KÄMPFE ZWISCHEN "AUFSTÄNDISCHEN" UND DER ENGLISCHEN ARMEE IN DER UMGEBUNG VON BOSTON BEZEUGTEN, NICHT WEIT VON LEXINGTON UND CONCORD, LÖSEN SICH BEREITS AUF IM FRISCHEN WIND VON DER SEE HER.

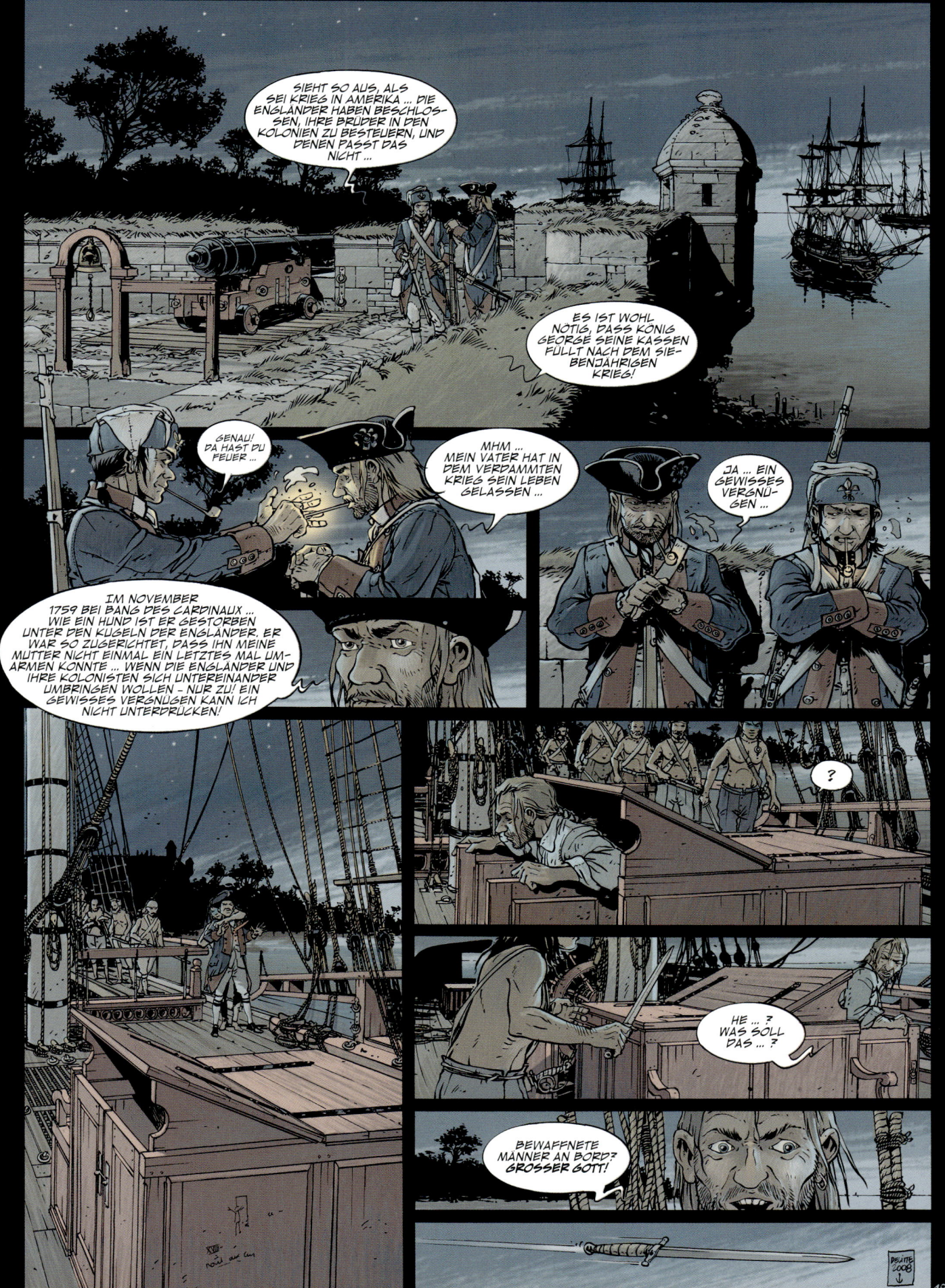

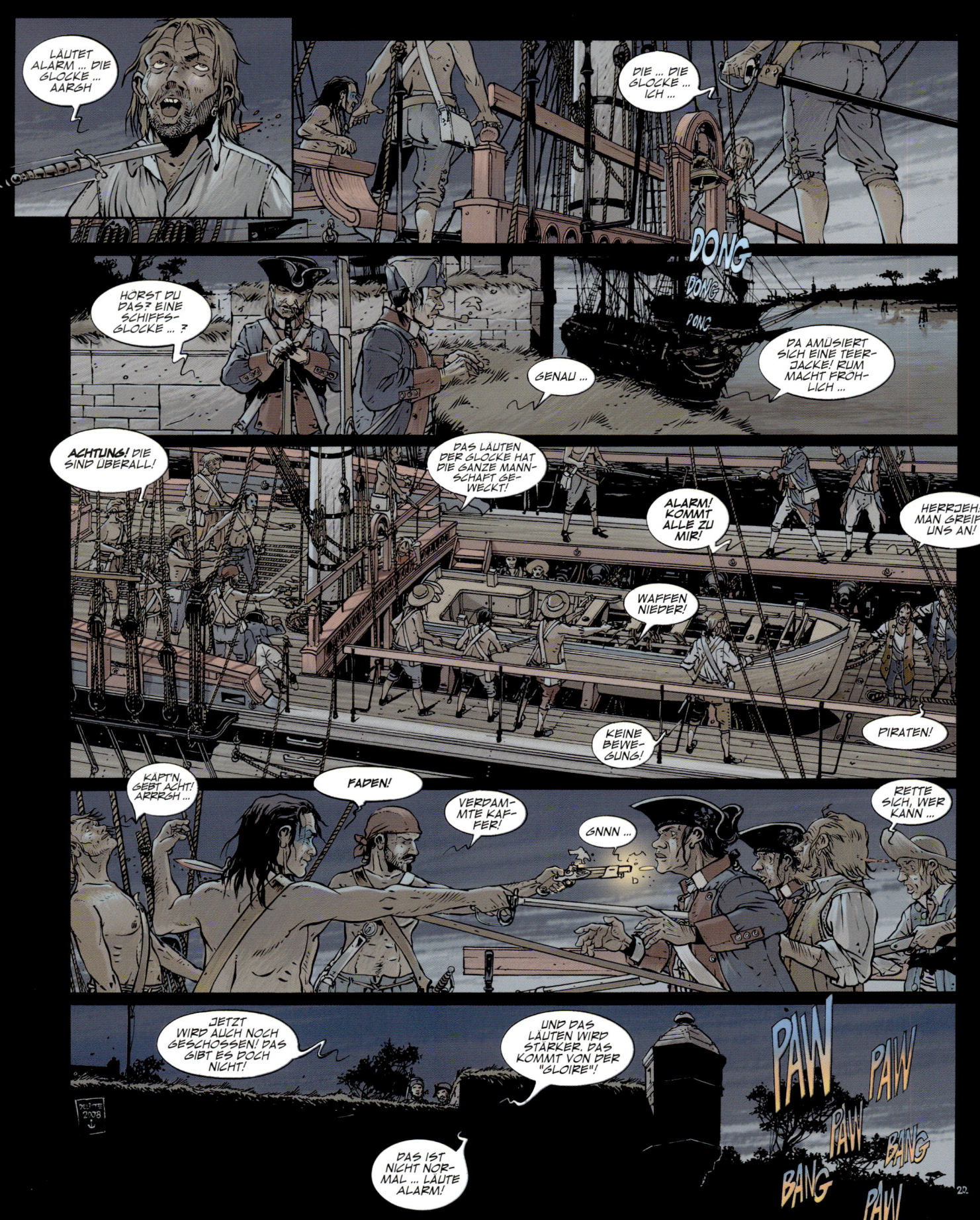

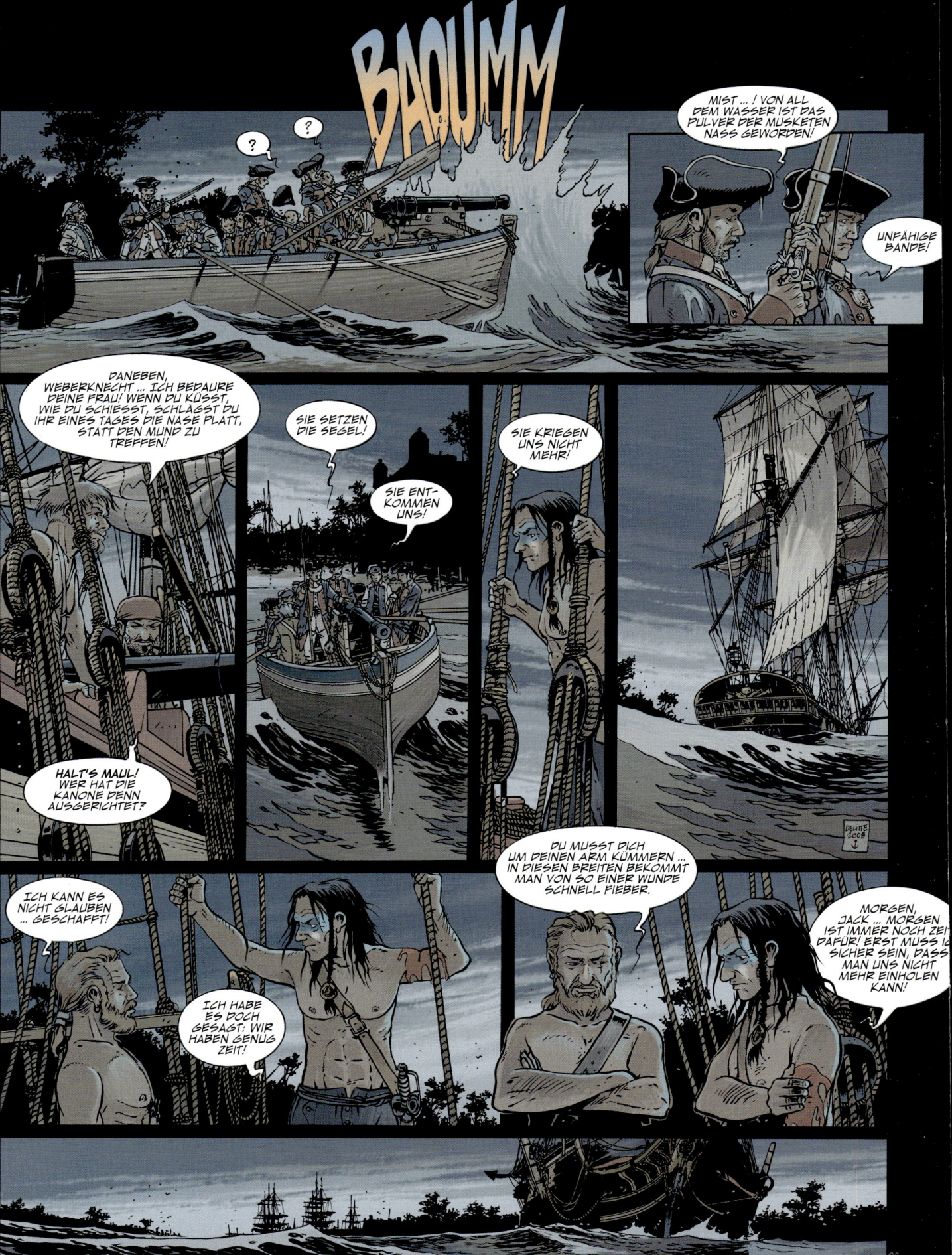

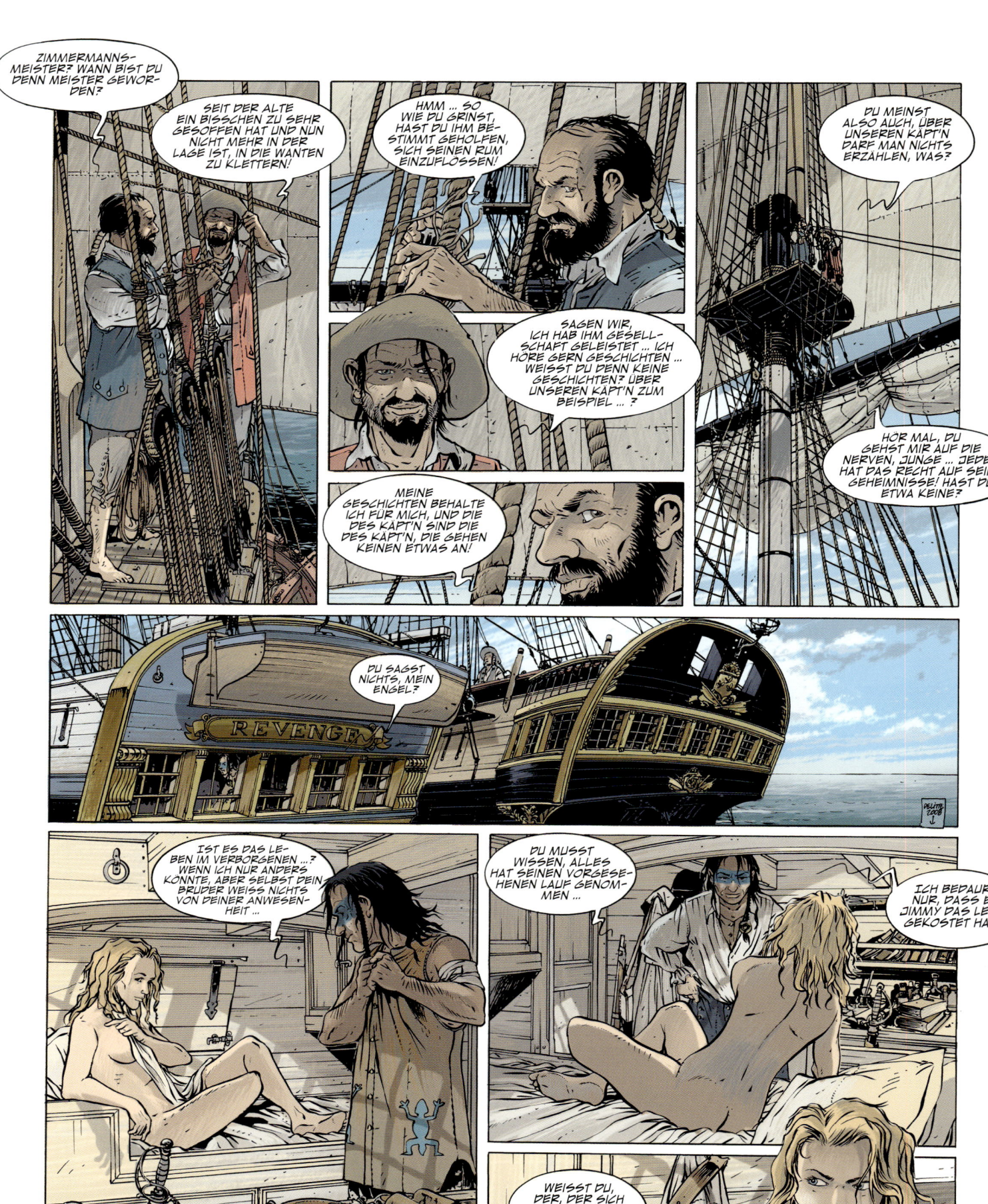

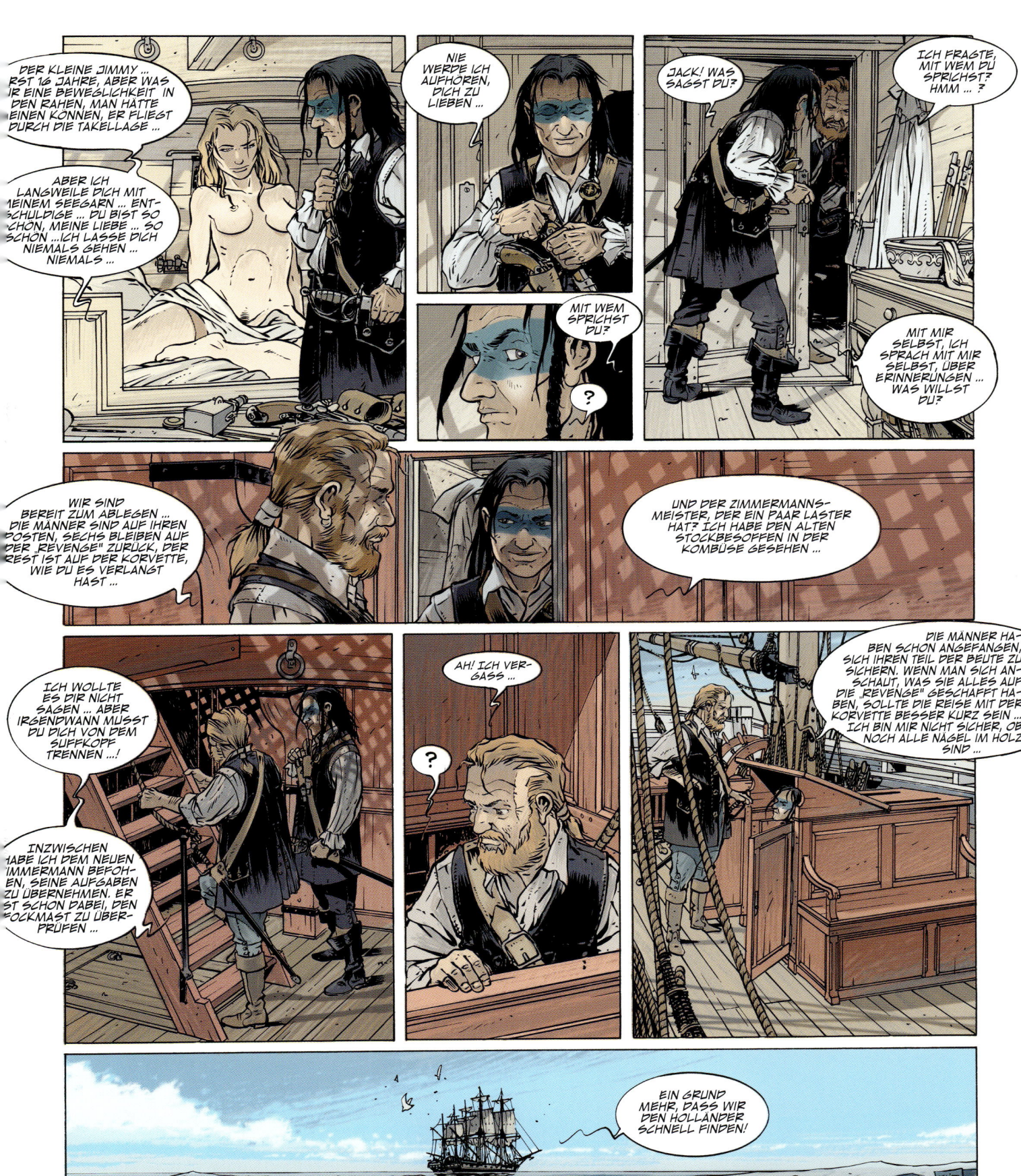

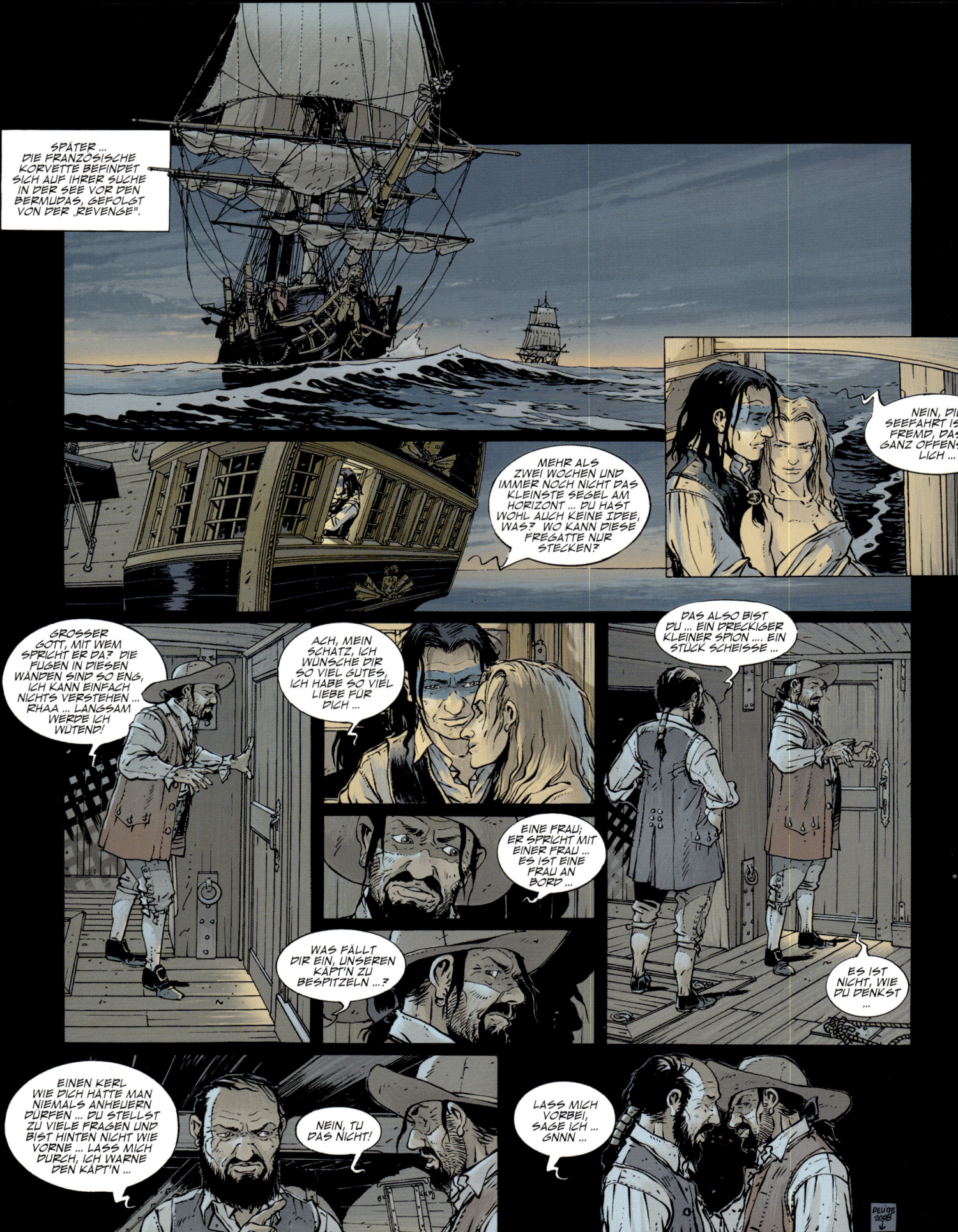

GNNN ...
HAN ... HAN ... HAN ...
MACH NICHT SO EIN GESICHT, JA?
ALLES DEINE SCHULD, HINKEBEIN ... WOZU ALL DIE GEHEIMNISSE? HÄTTEST DU MIR VERTRAUT ...
HÄTTE ICH VERSTANDEN ...
STIMMEN! STIMMEN HINTER DER TÜR ...
NICHTS! KEINER DA ...
ICH WAR ÜBERZEUGT, ICH HÄTTE ETWAS GEHÖRT ... ALS OB ...
?
BLUT ... GROSSER GOTT! WAS SOLL DAS BEDEUTEN?
ICH KENNE DEIN GEHEIMNIS, KÄPT'N ... ICH WEISS BESCHEID, UND DU WIRST DAFÜR BEZAHLEN, DASS DU ES NICHT TEILEN WOLLTEST ... BALD BEZAHLEN ...!
DEUTE 2008
33

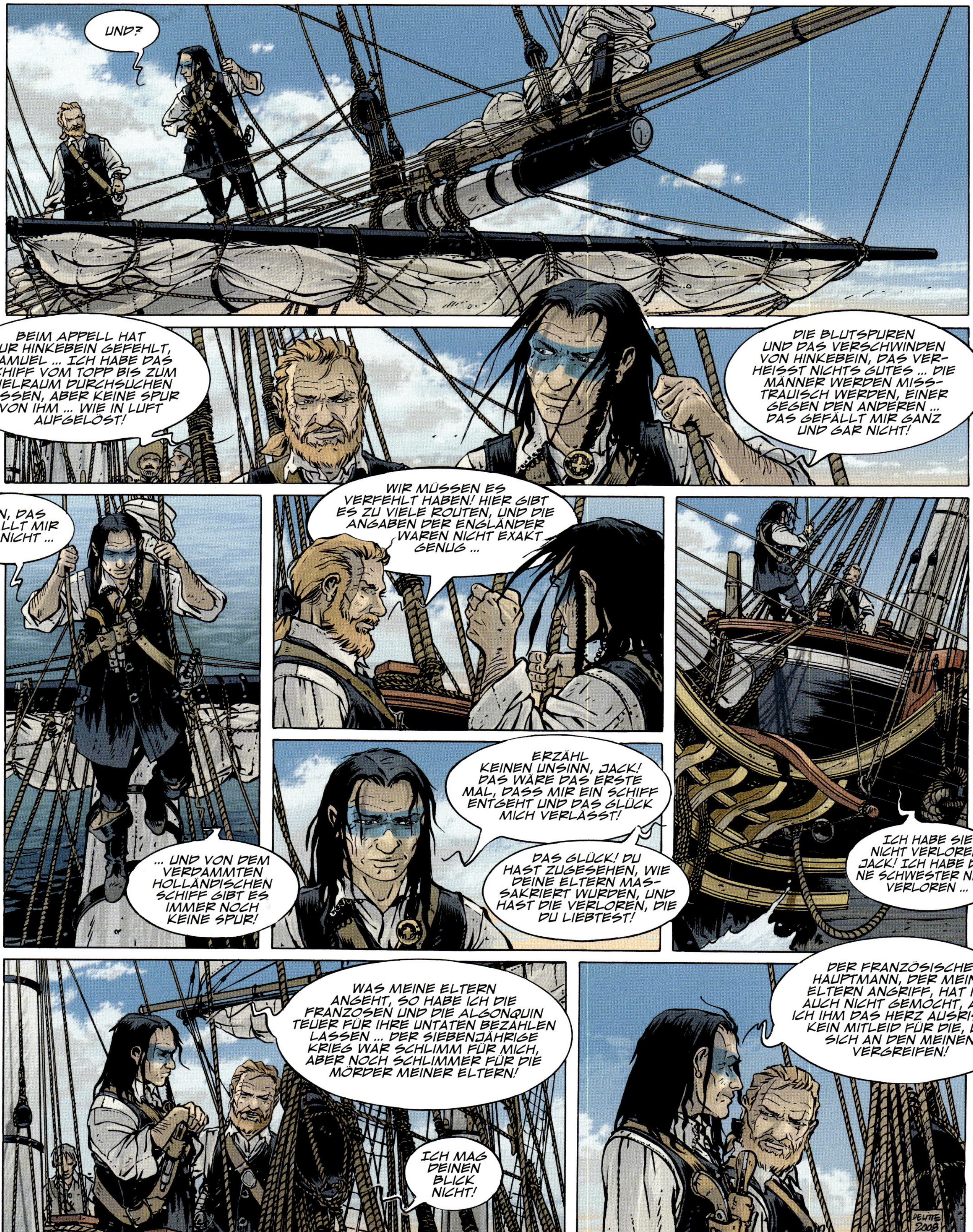
UND?
BEIM APPELL HAT NUR HINKEBEIN GEFEHLT, SAMUEL ... ICH HABE DAS SCHIFF VOM TOPP BIS ZUM KIELRAUM DURCHSUCHEN LASSEN, ABER KEINE SPUR VON IHM ... WIE IN LUFT AUFGELÖST!
DIE BLUTSPUREN UND DAS VERSCHWINDEN VON HINKEBEIN, DAS VERHEISST NICHTS GUTES ... DIE MÄNNER WERDEN MISSTRAUISCH WERDEN, EINER GEGEN DEN ANDEREN ... DAS GEFÄLLT MIR GANZ UND GAR NICHT!
NEIN, DAS GEFÄLLT MIR GAR NICHT ...
... UND VON DEM VERDAMMTEN HOLLÄNDISCHEN SCHIFF GIBT ES IMMER NOCH KEINE SPUR!
WIR MÜSSEN ES VERFEHLT HABEN! HIER GIBT ES ZU VIELE ROUTEN, UND DIE ANGABEN DER ENGLÄNDER WAREN NICHT EXAKT GENUG ...
ERZÄHL KEINEN UNSINN, JACK! DAS WÄRE DAS ERSTE MAL, DASS MIR EIN SCHIFF ENTGEHT UND DAS GLÜCK MICH VERLÄSST!
DAS GLÜCK! DU HAST ZUGESEHEN, WIE DEINE ELTERN MASSAKRIERT WURDEN, UND HAST DIE VERLOREN, DIE DU LIEBTEST!
ICH HABE SIE NICHT VERLOREN, JACK! ICH HABE DEINE SCHWESTER NICHT VERLOREN ...
WAS MEINE ELTERN ANGEHT, SO HABE ICH DIE FRANZOSEN UND DIE ALGONQUIN TEUER FÜR IHRE UNTATEN BEZAHLEN LASSEN ... DER SIEBENJÄHRIGE KRIEG WAR SCHLIMM FÜR MICH, ABER NOCH SCHLIMMER FÜR DIE MÖRDER MEINER ELTERN!
ICH MAG DEINEN BLICK NICHT!
DER FRANZÖSISCHE HAUPTMANN, DER MEINE ELTERN ANGRIFF, HAT IHN AUCH NICHT GEMOCHT, ALS ICH IHM DAS HERZ AUSRISS ... KEIN MITLEID FÜR DIE, DIE SICH AN DEN MEINEN VERGREIFEN!
DEWITTE 2008
34.

SEGEL! ... SEGEL!

SEGEL BACKBORD VORAUS!

ICH HABE DIR VOM GLÜCK ERZÄHLT, JACK ... UND DA IST DAS GLÜCK WIEDER ... NOCH KEIN SCHIFF IST MIR ENTKOMMEN!

WIR HABEN DIE BEUTE GEFUNDEN!

EINE SCHÖNE BEUTE ... DAS IST TATSÄCHLICH UNSERE HOLLÄNDISCHE FREGATTE MIT 28 KANONEN! WAS SAGST DU NUN ...?

TROMMEL DIE MANNSCHAFT ZUSAMMEN! ICH WILL MIT IHNEN SPRECHEN ... UND GIB DER "REVENGE" ZEICHEN, SICH ZU ENTFERNEN. DIE HOLLÄNDER SOLLEN KEINERLEI ANLASS ZUM ARGWOHN ERHALTEN ...

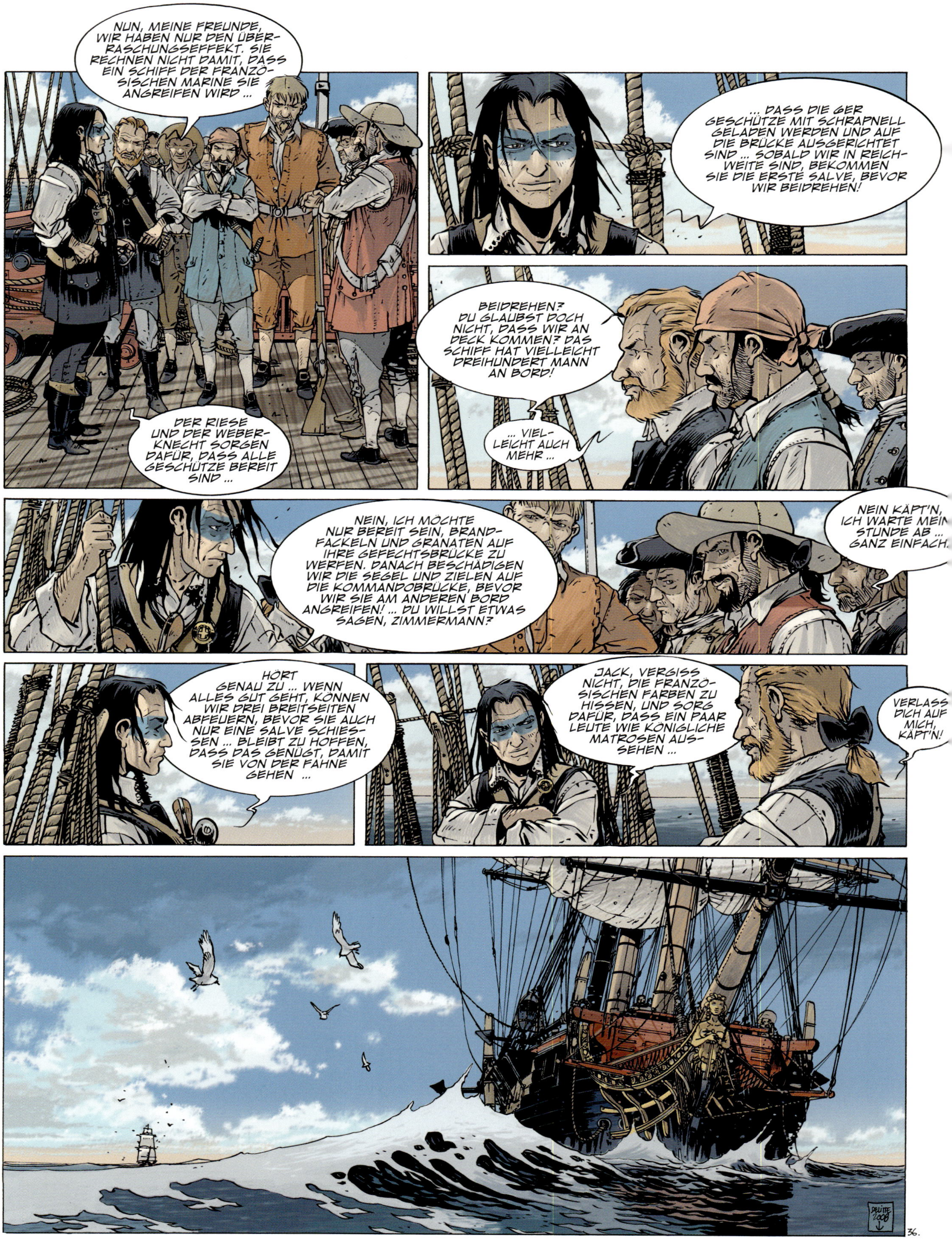
NUN, MEINE FREUNDE, WIR HABEN NUR DEN ÜBERRASCHUNGSEFFEKT. SIE RECHNEN NICHT DAMIT, DASS EIN SCHIFF DER FRANZÖSISCHEN MARINE SIE ANGREIFEN WIRD ...
DER RIESE UND DER WEBERKNECHT SORGEN DAFÜR, DASS ALLE GESCHÜTZE BEREIT SIND ...
... DASS DIE 6ER GESCHÜTZE MIT SCHRAPNELL GELADEN WERDEN UND AUF DIE BRÜCKE AUSGERICHTET SIND ... SOBALD WIR IN REICHWEITE SIND, BEKOMMEN SIE DIE ERSTE SALVE, BEVOR WIR BEIDREHEN!
BEIDREHEN? DU GLAUBST DOCH NICHT, DASS WIR AN DECK KOMMEN? DAS SCHIFF HAT VIELLEICHT DREIHUNDERT MANN AN BORD!
... VIELLEICHT AUCH MEHR ...
NEIN, ICH MÖCHTE NUR BEREIT SEIN, BRANDFACKELN UND GRANATEN AUF IHRE GEFECHTSBRÜCKE ZU WERFEN. DANACH BESCHÄDIGEN WIR DIE SEGEL UND ZIELEN AUF DIE KOMMANDOBRÜCKE, BEVOR WIR SIE AM ANDEREN BORD ANGREIFEN! ... DU WILLST ETWAS SAGEN, ZIMMERMANN?
NEIN KÄPT'N, ICH WARTE MEIN STUNDE AB ... GANZ EINFACH.
HÖRT GENAU ZU ... WENN ALLES GUT GEHT, KÖNNEN WIR DREI BREITSEITEN ABFEUERN, BEVOR SIE AUCH NUR EINE SALVE SCHIESSEN ... BLEIBT ZU HOFFEN, DASS DAS GENÜGT, DAMIT SIE VON DER FAHNE GEHEN ...
JACK, VERGISS NICHT, DIE FRANZÖSISCHEN FARBEN ZU HISSEN, UND SORG DAFÜR, DASS EIN PAAR LEUTE WIE KÖNIGLICHE MATROSEN AUSSEHEN ...
VERLASS DICH AUF MICH, KÄPT'N!
DELITTE 2008
36.

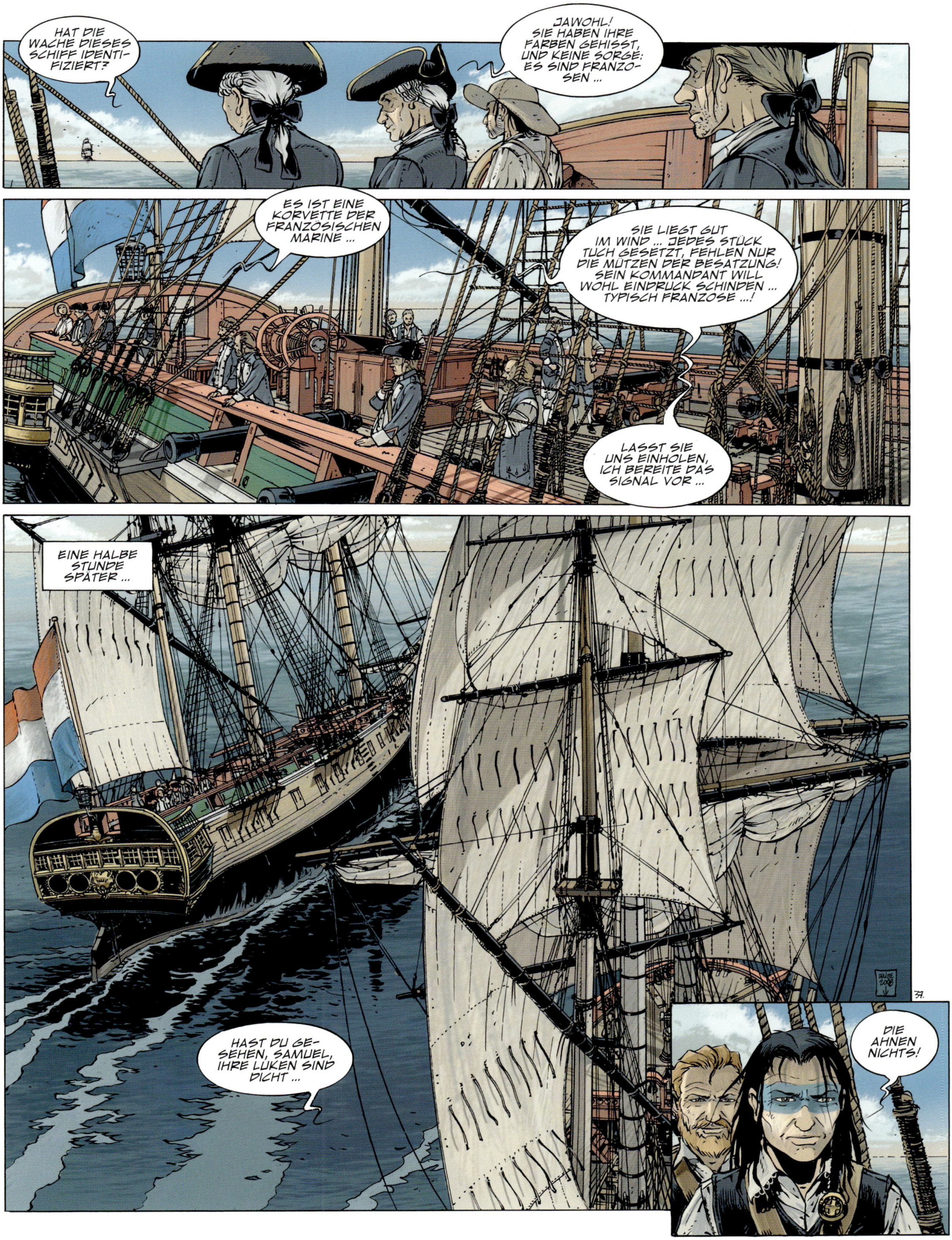
HAT DIE WACHE DIESES SCHIFF IDENTIFIZIERT?
JAWOHL! SIE HABEN IHRE FARBEN GEHISST, UND KEINE SORGE: ES SIND FRANZOSEN ...
ES IST EINE KORVETTE DER FRANZÖSISCHEN MARINE ...
SIE LIEGT GUT IM WIND ... JEDES STÜCK TUCH GESETZT, FEHLEN NUR DIE MÜTZEN DER BESATZUNG! SEIN KOMMANDANT WILL WOHL EINDRUCK SCHINDEN ... TYPISCH FRANZOSE ...!
LASST SIE UNS EINHOLEN, ICH BEREITE DAS SIGNAL VOR ...
EINE HALBE STUNDE SPÄTER ...
HAST DU GESEHEN, SAMUEL, IHRE LUKEN SIND DICHT ...
DIE AHNEN NICHTS!

FEUER!

SCHLEUDERT DIE BRANDFACKELN UND GRANATEN AUF DEN GEFECHTSSTAND!

SIE GREIFEN UNS AN ... ARGGGH!

GEBT GEFECHTSALARM!

AN DIE GESCHÜTZE!

ZERFETZT DIE SEGEL! ZIELT AUF DAS BACKBORD! DIE MÄNNER AN DER STEUERBORDBATTERIE ... FERTIGMACHEN ZUM FEUERN!

— FEUER!

— SIE ... SIE HABEN DIE KOMMANDOBRÜCKE ZERSTÖRT ... WAS ... WAS TUN WIR JETZT ... ICH ...

— DIE WACHE ... ALLE TOT ... ZERRISSEN VOM SCHRAPNELLBESCHUSS ...

— IF ... IF ... IF HABE ... IF HABE ... KEINE FAHNE ... KEINE FAHNE MEHR ...

— WIR MÜSSEN ... UNS ERGEBEN ... STREICHT DIE FLAGGE ...

— SPRICH FÜR DICH! ICH GEHE VON BORD, BEVOR MIR EINE KUGEL DEN KOPF ABREISST!

— MUTTER!

— RETTE SICH WER KANN!

— VERLASST DAS SCHIFF!

— SCHAU, JACK, DIE PARTIE SCHEINT GEWONNEN ... NUR NOCH UNORDNUNG AN BORD ...

— UNSER SCHRAPNELL MUSS DIE OFFIZIERE AUSGELÖSCHT HABEN ... EIN BOOT OHNE KOMMANDANT IST WIE EIN HUHN OHNE KOPF, DAS NICHT MEHR WEISS, WO ES HINLÄUFT ...

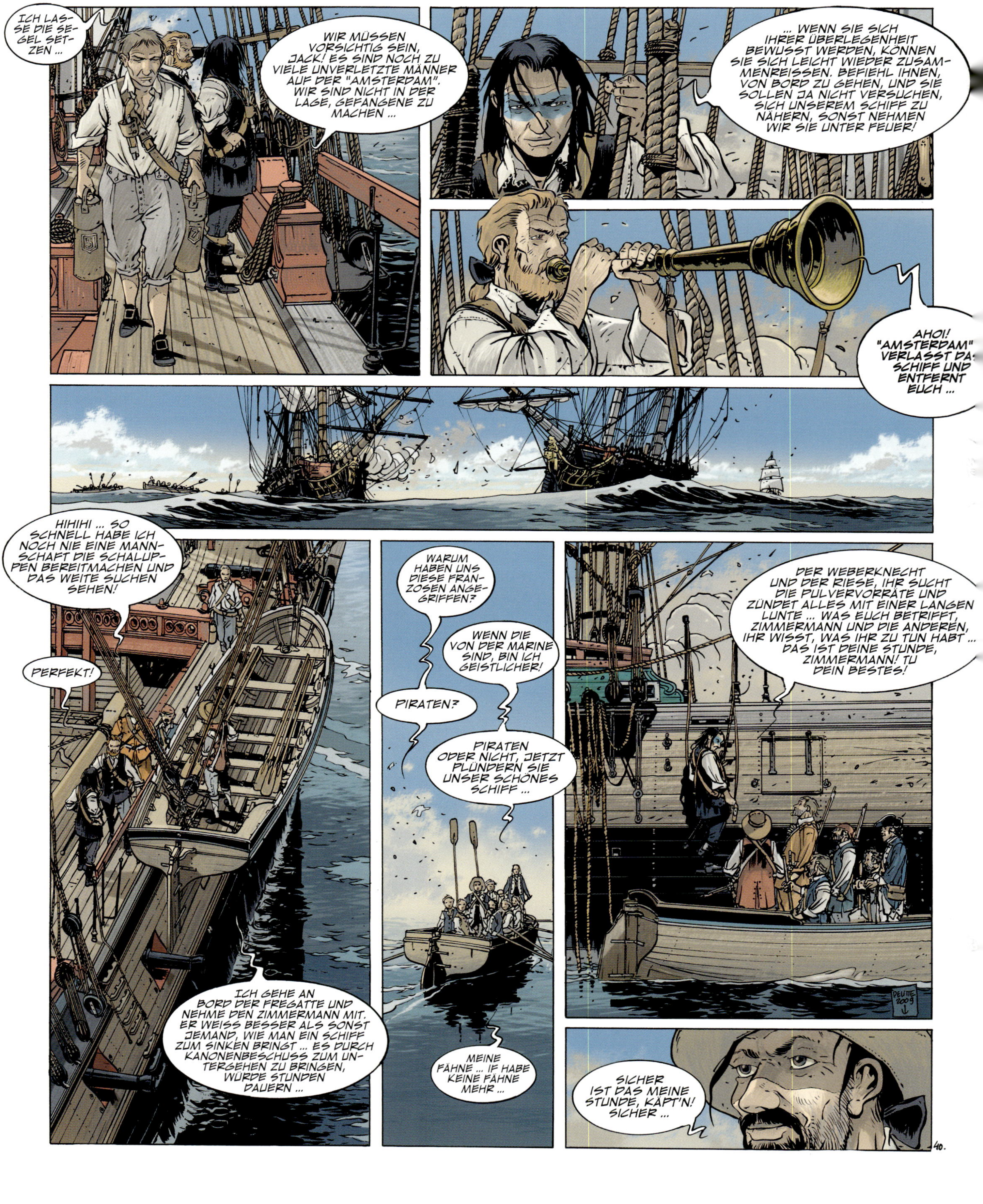

ICH LASSE DIE SEGEL SETZEN ...
WIR MÜSSEN VORSICHTIG SEIN, JACK! ES SIND NOCH ZU VIELE UNVERLETZTE MÄNNER AUF DER "AMSTERDAM". WIR SIND NICHT IN DER LAGE, GEFANGENE ZU MACHEN ...
... WENN SIE SICH IHRER ÜBERLEGENHEIT BEWUSST WERDEN, KÖNNEN SIE SICH LEICHT WIEDER ZUSAMMENREISSEN. BEFIEHL IHNEN, VON BORD ZU GEHEN, UND SIE SOLLEN JA NICHT VERSUCHEN, SICH UNSEREM SCHIFF ZU NÄHERN, SONST NEHMEN WIR SIE UNTER FEUER!
AHOI! "AMSTERDAM" VERLASST DAS SCHIFF UND ENTFERNT EUCH ...
HIHIHI ... SO SCHNELL HABE ICH NOCH NIE EINE MANNSCHAFT DIE SCHALUPPEN BEREITMACHEN UND DAS WEITE SUCHEN SEHEN!
PERFEKT!
ICH GEHE AN BORD DER FREGATTE UND NEHME DEN ZIMMERMANN MIT. ER WEISS BESSER ALS SONST JEMAND, WIE MAN EIN SCHIFF ZUM SINKEN BRINGT ... ES DURCH KANONENBESCHUSS ZUM UNTERGEHEN ZU BRINGEN, WÜRDE STUNDEN DAUERN ...
WARUM HABEN UNS DIESE FRANZOSEN ANGEGRIFFEN?
WENN DIE VON DER MARINE SIND, BIN ICH GEISTLICHER!
PIRATEN?
PIRATEN ODER NICHT, JETZT PLÜNDERN SIE UNSER SCHÖNES SCHIFF ...
MEINE FAHNE ... IF HABE KEINE FAHNE MEHR ...
DER WEBERKNECHT UND DER RIESE, IHR SUCHT DIE PULVERVORRÄTE UND ZÜNDET ALLES MIT EINER LANGEN LUNTE ... WAS EUCH BETRIFFT, ZIMMERMANN UND DIE ANDEREN, IHR WISST, WAS IHR ZU TUN HABT ... DAS IST DEINE STUNDE, ZIMMERMANN! TU DEIN BESTES!
DEUTTE 2009
SICHER IST DAS MEINE STUNDE, KAPT'N! SICHER ...
40.

HMM ... EIN INVENTAR DER FRACHT ... MEINE ENGLISCHEN FREUNDE HATTEN RICHTIG VERMUTET, IN DEN LADERÄUMEN DIESES BOOTS STECKT EIN VERMÖGEN AN WAFFEN!
DAMIT KÖNNTE MAN EINE GANZE ARMEE AUSRÜSTEN. SCHADE, DASS ALL DAS AUF DEN MEERESGRUND MUSS ...
KRRR...
ZIMMERMANN? WAS TUST DU HIER? BIST DU MIT DEINER ARBEIT SCHON FERTIG?
ICH KENNE DEINE GEHEIMNISSE, KÄPT'N ... DU HAST DIR MÜHE GEGEBEN, SIE VOR MIR ZU VERBERGEN ... ICH HATTE EIN RECHT, SIE ZU ERFAHREN ...
WAS ERZÄHLST DU DA ...?
DU LÜGST IMMER NOCH ... HINKEBEIN WOLLTE AUCH NICHTS SAGEN!
NIEMAND WILL MIR ETWAS SAGEN ... WIE AUF DEM MISSISSIPPI; IMMER GEHEIMNISSE, DIE MAN VOR MIR VERBIRGT ... ICH HABE SIE GETÖTET ... IMMER MUSS ICH TÖTEN!
RHAAA ...
?
DU WIRST STERBEN, VERDAMMTER KAFFER!
RHAAA ...
NEIN!
AARGHHH ...
41.
DELITTE 2009

WEBERKNECHT! OHNE DICH WÄRE ES AUS MIT MIR ... SEIN GESICHTSAUS-DRUCK ...! DER KERL WAR VERRÜCKT GEWORDEN!
EIN VERFLUCHTER IDIOT! ER HAT SICH NICHT DARAUF BESCHRÄNKT, DIE SPANTEN UND PLANKEN ZU LÖSEN WIE BEFOHLEN, ICH HABE AUCH DIE BRÜDER MCDONALD UND DEN KLEINEN GREGOIRE MIT EINGESCHLAGENEM SCHÄDEL GEFUNDEN ...
ZUSAMMEN MIT DEM HINKEBEIN SIND ES SCHON VIER TREUE KAMERADEN, DIE ER MASSAKRIERT HAT!
UND WIE ER SAGTE, WAREN DAS NICHT SEINE ERSTEN OPFER!
NUN, DA ALLES GESAGT IST, MÖCHTE ICH ÜBER SEIN SCHICKSAL NICHT PHILOSOPHIEREN, ABER DER RIESE UND ICH HABEN DIE LUNTEN ANGEZÜNDET. WIR SOLLTEN UNS BESSER AUF DEN WEG MACHEN, WENN DIR DEINE HAUT LIEB IST ...
WIR HABEN DIR EIN SCHÖNES FEUER-WERK VORBEREITET, WAS, RIESE ...?
HÖLLEN-FEUER!
BAAMM
DELITE 2009

42.

EIN FEUERWERK UND EIN HÖLLENFEUER, DA HABT IHR RECHT ...

EINE SCHÖNE FREGATTE IN EIN PAAR MINUTEN ZUM TEUFEL ...

MISSION ERFÜLLT. UNSERE ENGLISCHEN FREUNDE MÜSSEN UNS GRATULIEREN ...

JAWOHL! UND ICH WILL MEINE SUZIE WIEDERSEHEN ...

?

KAPT'N, ENTSCHULDIGT, ABER MAN ERWARTET EUCH AUF DEM VORDECK ...

... DIE WACHE HAT ZWEI SEGEL GESEHEN, DIE UNS OFFENBAR VERFOLGEN ...

FRANZÖSISCHE SEGEL, WENN DIE SILHOUETTE NICHT TÄUSCHT, FREGATTEN ODER KORVETTEN ...

DIE HABEN WOHL DEN AUFTRAG, DIE "GLOIRE" ZU SUCHEN ...

ICH BIN VIELLEICHT VERWEGEN, ABER KEIN NARR ... WIR VERLASSEN DAS SCHIFF. MIT DER "REVENGE" ENTKOMMEN WIR LEICHTER ...

WIR HATTEN DIE KORVETTE IN BRAND STECKEN SOLLEN!

SO IST ES BESSER, JACK. DAS HÄLT SIE AUF. SIE MÜSSEN DIE HOLLÄNDER AUFNEHMEN, DIE "GLOIRE" BESETZEN UND DURCHSUCHEN ... BIS SIE DAMIT FERTIG SIND, SIND WIR WEIT WEG!

43.

JANUAR 1776, IN DEN RUINEN VON KINGSTON ...
WAS MACHST DU HIER, SAMUEL?
ICH BIN GEKOMMEN, UM ZU BETEN, MEIN ENGEL ... BETEN AN DEN GRÄBERN MEINER FREUNDE, IHRER FRAUEN UND KINDER ...
WOZU DAS?
FRAG DAS NICHT ... MAN KANN NICHT LEBEN OHNE DIE ERINNERUNG AN DIE, DIE UNS LIEB WAREN. DAS WEISST DU, CAROLINE ...
DELITE 2009
44.

ICH MÖCHTE DIESE STADT, SIE HAT UNSERE LIEBE WACHSEN SEHEN ... ERINNERST DU DICH NOCH AN UNSERE UMARMUNG BEI DER GROSSEN EICHE ...?

WAS MACHST DU JETZT? DU BIST BEI DEN KONGRESSANHÄNGERN, DEN FRANZOSEN UND DEN HOLLÄNDERN VERHASST. DIE WERDEN DIR NIE VERZEIHEN. UND DIE ENGLÄNDER WERDEN SCHNELL MERKEN, DASS DU ES WARST, DER DEN KOMMODORE GETÖTET HAT ...

DU BIST EIN FLÜCHTIGER KRIMINELLER GEWORDEN, DER VON ZWEI SEITEN GESUCHT WIRD, SAMUEL. VON ALLEN SEITEN ... DU BIST ALLEIN, GANZ ALLEIN!

ICH WEISS, CAROLINE, ICH WEISS ES ...

?

EINE STOFFPUPPE ...

SO VIELE TOTE ... SO VIELE UNSCHULDIGE MASSAKRIERT IM NAMEN DER FREIHEIT. WAR ES DAS DENN ALLES WERT?

SAMUEL ...?

JA, MEIN ENGEL ...

MACHST DU MIR EINE FREUDE?

... HÖR AUF, VON MIR ZU TRÄUMEN ... KOMM NICHT MEHR AN MEIN GRAB, VERLIERE DICH NICHT! DIE KRANKHEIT UND DIE SCHULDGEFÜHLE HABEN MICH GETÖTET, DAS MÖCHTE ICH DIR ERSPAREN ...
ICH KANN NICHT, MEIN ENGEL ... ICH HABE DIR NOCH SO VIEL LIEBE ZU GEBEN ...
CAROLINE PRESCOTT 1753 - 1774
SO VIEL LIEBE .... DU BIST DER GRUND FÜR MICH ZU LEBEN UND ZU KÄMPFEN ...
CAROLINE PRESCOTT 1753 - 1774
ENDE
DELITTE 2009